Biglouche

Après avoir exercé pendant quatorze ans la médecine, **Catherine Storr**, d'origine anglaise, décide de se consacrer à sa véritable passion : l'écriture. Polly, l'une de ses trois filles, avait une peur bleue du loup. Sa mère s'est inspirée de cette peur pour écrire tous les titres de la collection, aujourd'hui célèbre en Angleterre : « L'ingénieuse Polly et le loup stupide ». Actuellement, elle continue à écrire pour les enfants mais aussi pour les plus grands. Ses histoires sont régulièrement publiées dans les magazines de Bayard Presse.

La Mouche (alias Peters Day) est né en 1950 au Texas. Dessinateur de presse, il travaille pour de grands périodiques français et étrangers et partage son temps entre la France et les États-Unis. En parallèle, il illustre des livres pour les enfants qui sont publiés chez Hachette, Rouge et Or et Warner Books. Passionné de musique irlandaise, de cuisine italienne, de peinture vénitienne, il a aussi un goût prononcé pour l'aventure, comme en témoigne son tour du monde à pied.

Couverture : Catherine Proteaux

Bayard Éditions est une marque
du département Livre de Bayard Presse
ISBN 2.227.72707.1

Biglouche

Une histoire écrite par Catherine Storr
traduite de l'anglais par Laurence Kiéfé
illustrée par La Mouche

BAYARD ÉDITIONS

Un très gros cadeau

– On a sonné !

Pauline se précipite. Elle ouvre la porte et regarde le facteur d'un air ahuri. Il tient le plus gros paquet qu'elle ait jamais vu. La ficelle pendouille et le papier d'emballage est tout déchiré.

– Duvernet, c'est bien ici ? demande le facteur.

– C'est pour qui ? demande à son tour Pauline.

Il faut dire que chez les Duvernet, ils sont six : le père, la mère et quatre enfants. Pauline est la troisième. Avant, il y a Sarah et Martin. Et le petit dernier, qui est encore un bébé, c'est Frédéric.

– Le paquet est adressé à Duvernet, dit le facteur, il n'y a pas de prénom, ça doit être un gros cadeau pour tout le monde ! Allez, au revoir !

Pauline soulève le paquet et entre dans la cuisine :

– Maman, regarde ! C'est pour nous.

Madame Duvernet ne se retourne même pas, elle continue à faire sa pâte à gâteau. Elle est très occupée par les préparatifs de Noël.

– Range-ça dans le placard, dit-elle, on n'ouvre rien avant Noël.

Pauline pose le paquet par terre.

– Il est trop gros pour entrer dans le placard et, en plus, il est presque ouvert.

Sarah est en train de laver des raisins secs sous le robinet. Elle jette un coup d'œil sur le paquet et dit :

– Ça vient de tante Alice.

– Ça alors, ça ne m'étonne pas ! dit Martin. Un paquet aussi gros et aussi mal ficelé, ça ne peut venir que d'elle.
Tu te souviens, quand elle nous avait envoyé un gros pot de miel qui s'est cassé et qui a collé toutes les enveloppes ensemble dans le sac du facteur ?

– Oui, dit Sarah. Et le Noël où tout ce qu'on a reçu, c'était une étiquette accrochée au bout d'une ficelle ? On n'a jamais su ce que tante Alice avait envoyé. J'étais drôlement embêtée quand Maman m'a demandé de lui écrire pour la remercier.

Pauline plonge la main dans le paquet ouvert. Elle pousse un cri.

– Qu'est-ce qui se passe ? demande madame Duvernet en lâchant la cuillère de miel dans le plat de pâte.

– Je sens de la fourrure, c'est un animal !

– Attention, Pauline, tu vas te faire mordre ! dit Martin.

– On ferait mieux de l'ouvrir, ce paquet ! dit Sarah. Vous vous rendez compte, si c'est un chat ? D'ici Noël, il sera mort de faim.

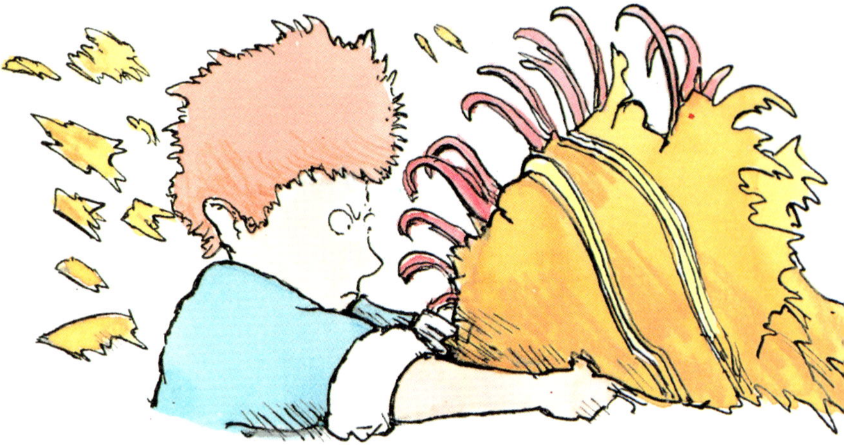

Martin s'attaque au paquet, il arrache la ficelle, il déchire le papier, et le cadeau de Noël de tante Alice apparaît enfin dans toute son horreur. Il y a un grand silence, puis quelqu'un demande :

– C'est quoi, ce gros machin rose ?

– Ben, c'est un ours en peluche ! dit Sarah.

– Il est plus gros que Frédéric, il est presque comme moi, remarque Pauline.

L'ours a une grosse tête, de petits yeux noirs et un sourire vraiment idiot. Il est couvert de longs poils roses, et le bout de ses pattes est en plastique bleu ciel. Il louche horriblement.

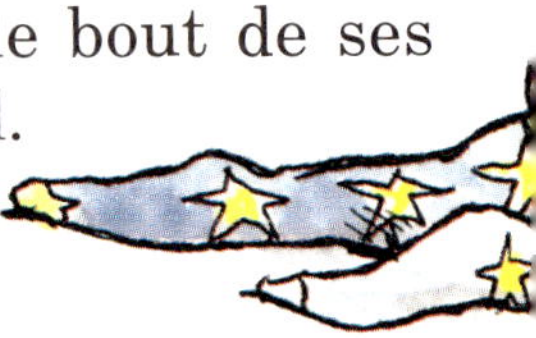

En le voyant, Frédéric se met à hurler.

– On ne peut pas le garder, il est trop moche, dit Sarah.

– Et en plus, il fait peur à Frédéric, ajoute Martin.

– Pauvre tante Alice ! Elle a toujours eu mauvais goût ! Il faudra tout de même la remercier, dit madame Duvernet.

La bête noire de Frédéric

La première chose que monsieur Duvernet voit ce soir-là en rentrant chez lui, c'est l'ours, assis sur un fauteuil.

– Nom d'un chien ! s'écrie-t-il. Qu'est-ce que c'est que cette horreur ?

– Frédéric est d'accord avec toi, dit madame Duvernet. Dès qu'il l'a vu, il s'est mis à hurler.

– Je le comprends. D'où vient ce truc ?

– C'est tante Alice qui l'a envoyé.

Monsieur Duvernet s'approche de la bête et, d'un air dégouté, il touche une touffe de fourrure rose.

– Et en plus, il n'est même pas doux !

– Oui, il gratte, dit Martin. On n'a pas envie de lui faire des câlins et de l'appeler « mon gros Nounours ».

– Ce serait mieux de l'appeler Gratouille, dit Pauline.

– Moi, dit Sarah, je préfère « Biglouche ». Ça lui va encore mieux, ce nom-là, avec ses petits yeux qui louchent.

– Biglouche, c'est pas mal ! dit monsieur Duvernet. Mais en attendant, ce Biglouche rose va devenir notre bête noire*.

– En tout cas, dit madame Duvernet, on ne va pas le laisser au milieu de l'entrée.

* C'est comme si on disait : il va devenir notre cauchemar.

Si vraiment personne n'en veut, on va s'en débarrasser. Mais je vous préviens, à cinq jours de Noël, j'ai autre chose à faire, je ne peux pas m'en occuper.

– Moi non plus, dit le père. Après tout, c'est votre cadeau, et s'il ne vous plaît pas, débrouillez-vous !

– D’accord ! dit Martin. Moi, je suis pour qu’on le mette carrément à la poubelle.

Martin emballe Biglouche dans un grand sac en plastique. Puis il sort. Devant la maison, il y a une grosse poubelle. Martin enfonce le sac dedans.

Le lendemain matin, la famille Duvernet prend son petit déjeuner dans la cuisine, quand la sonnette retentit.

– Martin ! dit madame Duvernet. Tu veux bien ouvrir ?

– C’est peut-être encore des cadeaux ! dit Pauline.

Martin va ouvrir. Mais cette fois-ci, ce n'est pas le facteur, c'est un éboueur. Il se penche vers Martin et lui colle un gros paquet dans les bras en souriant :

– On a retrouvé ça ! C'est sûrement à vous. Heureusement que j'ai regardé dans le sac avant de vider la poubelle dans la benne. Allez, au revoir, et bon Noël !

La tombola de Sarah

Et voilà Biglouche de nouveau installé dans son fauteuil. Martin est très vexé d'avoir raté son coup. À Sarah maintenant ! Justement elle a vu une grande affiche sur le chemin de l'école :

SAMEDI 20 DÉCEMBRE
GRANDE VENTE DE CHARITÉ
À LA SALLE DES FÊTES.
CADEAUX DE NOËL POUR TOUS !

« Biglouche sera un cadeau formidable, se dit-elle, mais avec la tête qu'il a, je ferais mieux de l'emballer ! » Aussitôt dit, aussitôt fait. Sarah emprunte la poussette de Frédéric et elle emporte son colis.

Dans la salle des fêtes, tout le monde est très affairé, mais une dame remarque Sarah et son énorme paquet :

– C'est pour nous, ça ? C'est gentil de ta part ! Et c'est quoi ?

– C'est... c'est un jouet, bafouille Sarah. Excusez-moi, Maman m'attend.

Elle récupère sa poussette vide et part sans se retourner. Quand elle arrive à la maison, tout le monde est déjà à table.

– Où est Biglouche ? demande Martin.

– Parti ! On ne le reverra plus ! répond Sarah avec un sourire satisfait.

– Comment tu as fait ?

– Je te le dirai demain.

Mais en repensant à la laideur de Biglouche, Sarah n'est plus très sûre que quelqu'un l'achète. Après le repas, elle décide d'aller faire un tour à la salle des fêtes.

Le hall est plein de gens. Sarah fonce directement au stand des jouets. Elle cherche Biglouche. À son grand soulagement, elle ne le voit nulle part.

– Tu cherches quelque chose à offrir pour Noël ? demande une voix derrière elle.

Sarah se retourne et voit une dame qui lui sourit.

– Prends donc des tickets de tombola. C'est quatre francs le ticket et il y a de très beaux prix : une bouteille de champagne, un flacon de parfum, une cravate en soie…

Une bouteille de champagne ! Quel cadeau à offrir aux parents le matin de Noël ! Quatre francs, ce n'est pas trop cher.

– D'accord, dit Sarah, je prends un ticket. Quand est-ce que je saurai si j'ai gagné quelque chose ?

– À la fin de la vente. Tu habites près d'ici ?

– Oui, tout près, 21, rue du Romarin.

– C'est sur mon chemin. Si tu as gagné quelque chose, je te le déposerai ce soir en rentrant chez moi.

Sarah s'en va, assez contente d'elle-même.

La nuit est déjà tombée, quand on sonne à la porte. Sarah se précipite. C'est la dame de la vente, toujours aussi souriante.

– Eh bien, on peut dire que tu as de la chance. Tu as gagné un de nos plus beaux prix. Ce n'est peut-être pas exactement ce que tu aurais choisi toi-même, mais ça fera sûrement plaisir à quelqu'un de ta famille.

La dame se baisse pour ramasser quelque chose derrière elle. Sarah a le cœur qui bat. « C'est le parfum ou le champagne ? De toute façon, les parents seront contents. »

Mais en voyant ce que lui tend la dame, Sarah pousse un cri.

C'est Biglouche !

Un colis piégé

Tout le dimanche matin, Biglouche trône dans l'entrée. Chaque fois que Sarah passe devant lui, elle repense à ses quatre francs, et ça la rend malade.

– Moi, j'ai fait ce que j'ai pu pour me débarrasser de lui, dit-elle à Pauline et Martin. Maintenant il faut que j'aide Maman et que je m'occupe de mes cadeaux de Noël. Alors, débrouillez-vous !

– Pauline, c'est ton tour ! dit Martin.

– Mais je ne sais pas quoi faire ! dit Pauline. Je n'ai pas d'idée.

Elle a les larmes aux yeux.

– Écoute, moi, j'ai encore une idée, dit Martin. J'ai besoin de quelqu'un pour m'aider. Tu veux bien ?

– D'accord ! On y va ?

– Non, on fera ça demain. Viens, je vais t'expliquer, mais d'abord, jure de ne rien répéter à personne.

– Je le jure, dit Pauline, qui retrouve d'un seul coup tout son courage.

– Bon ! Alors, écoute…

Le lendemain, c'est le 24 décembre. Le matin, de bonne heure, Biglouche disparaît de l'entrée.

– Viens ! murmure Martin en entraînant Pauline dans sa chambre. Je vais te montrer quelque chose.

Il y a un énorme paquet, tout ficelé, sur le lit.

– C'est pour qui ? demande Pauline.

– Pour personne, andouille. C'est Biglouche.

Je l'ai mis dans un vieux papier d'emballage que j'ai trouvé dans le placard du couloir. On va à la gare des cars. Mais avant, tu vas aller chercher la poussette de Frédéric. Pas question de porter ça dans les bras !

À la gare, certains cars sont prêts à partir. Mais ce ne sont pas ceux-là qui intéressent Martin.

– Pauline ! Tu vois tous ces bonshommes là-bas ? Ce sont les chauffeurs dont les cars ne doivent pas partir tout de suite. Va les voir et demande-leur n'importe quoi… Par exemple, à quelle heure est le prochain départ pour Rambouillet.

– J'ai la trouille !

– Ce n'est pas le moment ! Tu as promis de m'aider ! Tu n'as qu'à dire que ta mère va à Rambouillet cet après-midi et qu'elle t'a envoyée pour demander les horaires.

Pauline s'approche du groupe des chauffeurs. Comme elle parle d'une toute petite voix, ils doivent lui faire répéter plusieurs fois la question. Ils finissent par se pencher tous vers elle pour mieux l'entendre.

C'est ce moment-là qu'attendait Martin. Plus personne ne regarde vers les cars vides. Il monte dans le premier, il dépose son énorme paquet sur une banquette et il redescend aussitôt. Le tout en un clin d'œil. Martin n'a plus qu'à se diriger vers Pauline pour la récupérer au passage, mine de rien.

Une heure plus tard, un voyageur remarque le paquet abandonné sur un siège. Il le signale aussitôt.

– Surtout, n'y touchez pas, dit le chauffeur. On ne sait pas ce que c'est.

Un autre voyageur s'approche :

– C'est peut-être une bombe ! Vous entendez ? Ça fait tic-tac.

– Je n'entends rien du tout, dit le chauffeur. Mais laissez-ça là, je vais prévenir la police, c'est plus prudent.

L'erreur de Martin

Il est six heures du soir. La maison a un air de fête. Monsieur et madame Duvernet viennent juste de rentrer, les bras chargés de paquets. Ils s'affairent autour du sapin. Les enfants font les derniers préparatifs dans leurs chambres.

Soudain un coup de sonnette fait sursauter tout le monde. Martin va ouvrir et il se retrouve nez à nez avec deux agents de police.

– Monsieur Duvernet, c'est ici ?

– Oui, c'est mon père.

– Va le chercher, s'il te plaît.

– De quoi s'agit-il ? demande monsieur Duvernet en sortant du salon.

– On a trouvé un colis, avec votre nom et votre adresse, sur une banquette dans un car.

– Ah ! ça m'étonnerait ! Voilà plusieurs jours que je n'ai pas mis les pieds dans un car...

– Pourtant, c'est bien votre nom et votre adresse ? demande l'agent en sortant un morceau de papier d'emballage.

Martin se sent devenir rouge des pieds à la tête. Quel idiot ! Il ne s'est pas rendu compte qu'il y avait leur adresse sur le papier d'emballage de Biglouche.

Monsieur Duvernet regarde Martin d'un air interrogateur. Il lui demande :

– Martin, c'est toi qui as laissé un paquet dans le car ce matin ?

– C'est-à-dire que… euh… pas vraiment… dit Martin en bafouillant quelques mots incompréhensibles.

Les deux agents regardent sévèrement monsieur Duvernet et son fils :

– Cette histoire nous a fait perdre beaucoup de temps en tout cas, dit l'un d'eux. Il a fallu mettre en place tout le dispositif anti-bombe. Vous comprenez, dans un car, on ne peut prendre aucun risque.

– Attendez, dit monsieur Duvernet. Je crois que je suis en train de comprendre. À l'intérieur de ce gros paquet, je suis sûr que vous avez trouvé quelque chose de rose, de poilu, et plus ou moins en forme d'ours ?

– C'est ça. La prochaine fois, faites donc attention à vos affaires, répond l'agent.

Monsieur Duvernet éclate de rire et, du coup, l'agent a bien du mal à garder son sérieux. Quant à son collègue, il rit franchement en rendant Biglouche à monsieur Duvernet.

L'express de dix heures dix

Le jour de Noël arrive. Plus personne ne pense à Biglouche, sauf Frédéric qui commence à s'y intéresser.

– Si on ne se débarrasse pas de cet ours tout de suite, après, ça ne sera plus possible, dit Sarah en regardant son petit frère.

– On n'a qu'à l'emporter au square et le laisser sur un banc, dit Pauline. Ça fera peut-être plaisir à quelqu'un.

– Voilà une bonne idée, dit madame Duvernet. Profitez-en pour sortir Frédéric. Il sera content. Qui y va ?

Martin accepte sans enthousiasme. En tout cas, il n'ira pas au square. Il déteste ça. Par contre, il y a une chose qu'ils adorent faire, Frédéric et lui, c'est aller regarder les trains du haut du pont du chemin de fer.

Frédéric est très content de faire un tour en poussette, et il ne proteste pas du tout quand Martin lui met Biglouche sur les genoux.

Ils arrivent au pont au moment où l'express de dix heures entre en gare. Martin soulève un peu son petit frère pour qu'il puisse voir le train.

– Nounours aussi veut train, dit Frédéric en montrant Biglouche.

– Mais je ne peux pas vous soulever tous les deux ! répond Martin

– Assis là, nounours ! crie Frédéric en tapant sur le bord du pont.

« Après tout, pourquoi pas ? » se dit Martin.

Il installe l'ours, et ils attendent le train suivant. Dix minutes plus tard, deux rapides se croisent à toute allure. Le pont tremble de toute sa carcasse. Martin et Frédéric sont fascinés. Tout à coup, ils voient l'énorme peluche rose atterrir sur le toit d'un wagon.

Frédéric ouvre la bouche toute grande. Dans une seconde, il va se mettre à hurler. Alors Martin lui crie dans l'oreille :

– Biglouche a pris le train tout seul.

– Parti dans le train ?

– Oui ! Fais-lui au revoir. Si ça se trouve, la prochaine fois qu'on le reverra, il aura une casquette et il sera mécanicien.

Frédéric, consolé, agite la main dans la direction du train et il remonte dans sa poussette sans faire d'histoires. Puis les deux enfants rentrent chez eux.

– Alors, dit madame Duvernet, finalement c'est notre bébé qui a réussi à nous débarrasser de Biglouche.

– Eh oui ! Cette fois-ci, c'est terminé, on n'entendra plus parler de lui, dit Martin.

– À moins qu'il ne s'achète un billet de retour, ajoute monsieur Duvernet.

Mais Biglouche n'est jamais revenu. Il est peut-être vraiment devenu mécanicien…

Dans la même collection
J'aime lire

LA CHARABIOLE

Petites lunettes, cartable ciré : Quentin Corbillon est un élève modèle. Il sait tout, il a 20 en tout, et il révise même ses leçons pendant les récréations. Bien sûr, la maîtresse le chouchoute... Jusqu'au cours de mathématiques où Quentin répond que les triangles ce sont des « chioukamards à glou-pions... ». Depuis ce jour-là, Quentin ne parle plus que dans un incroyable charabia que personne ne comprend. Professeurs, parents, docteurs, tout le monde s'affole. Comment guérir Quentin de cette drôle de maladie ?

Une histoire écrite par Fanny Joly
et illustrée par Claude et Denise Millet.

LE ROYAUME DES DEVINETTES

Obo est un garçon si laid que personne ne veut l'aimer. Mais il joue si bien de la flûte qu'un vieillard le met au défi de délivrer Or, la divine princesse prisonnière du roi Riorim. Ce roi, mi-homme mi-crapaud monstrueux, coupe la tête de tous ceux qui ne savent pas répondre à ses terribles devinettes... Heureusement, sous la laideur d'Obo se cache une grande intelligence. Et dans sa poche, il a sa flûte...

Une histoire écrite par Évelyne Reberg
et illustrée par Mette Ivers.

UN DIABLE AU GARAGE GROG

Pour s'amuser, un diable sème le désordre dans la ville. Tout le monde est agacé par ses diableries. Hector, un jeune mécanicien très malin, découvre la cachette du diable et lui vole ses cornes. Mais le diable a plus d'un tour dans son sac ! Hector aussi.

Une histoire écrite par Évelyne Reberg
et illustrée par Michel Guiré-Vaka.

LA MISSION D'AMIXAR

Ce 24 juillet 2854 est une belle journée pour Luce et son frère Phipo. Ils ont gagné le gros lot de leur émission de télévision préférée : un robot-nounou ultra-perfectionné ! Dès le lendemain, Amixar est chez eux. Quel formidable compagnon : il connaît cinq mille jeux, dix mille histoires, et prépare même de délicieux dîners. Jusqu'au soir où les parents de Luce et Phipo lui confient la maison et les enfants pour partir à un concert sur la Lune. C'est alors qu'Amixar révèle la face cachée de sa personnalité programmée... Robot-nounou ou robot-filou ?

Une histoire écrite par Nicolas de Hirsching
et illustrée par Martin Berthommier.

Achevé d'imprimer en août 1995 par Ouest Impressions Oberthur
35000 Rennes - N° 16359
Dépôt légal : octobre 1995 - N° d'éditeur : 2214
Imprimé en France